MARC de LARREG
DE CIVRIEUX

La Muse de Sang

Preface de Romain Rolland

POEMES & LEGENDES

La Muse de Sang

MARC de LARREGUY DE CIVRIEUX

La Muse de Sang

Preface de Romain Rolland

POEMES & LEGENDES

A mes pères et frères d'âme

M. de L.

Pour un Martyr

Voici une malédiction contre la guerre. Celui qui la jette, avec son sang, à la face du monstre, est un jeune mort de Verdun.

Le plus tragique de ce livre, c'est que cette voix qui maudit ne semblait faite que pour des paroles de douceur et d'amour. Marc de Larreguy de Civrieux était l'âme la plus tendre. Enveloppé, dès l'enfance, de la beauté méditerranéenne, ce jeune Français, né à Sorrente, avait pour le chantre de Graziella, une passion amoureuse ; jamais ne le quitta le livre des Harmonies, qu'on retrouva, après sa mort, dans sa musette de soldat ; et son vœu, qu'exaucera la piété douloureuse d'un père, fut d'être enseveli auprès de Lamartine.

*J'ajoute que le poète de « La Muse de Sang », ce livre de révolte, était de vieille famille française, catholique, conservatrice, et qu'il fut même affilié, pour un temps, à l'*Action Française.

Et c'est ce pur Lamartinien, nourri des traditions littéraires et politiques de la vieille France, qui lance ces imprécations contre l'idole de la patrie meurtrière et contre ses faux prêtres.

« Hypocrites dévôts, au cœur de frénésie ! »

Qu'on juge de la convulsion morale qui a dû bouleverser ce jeune être. Elle a été presque immédiate : car son départ pour le front est du 15 juillet 1915, et la poésie par laquelle s'ouvre ce recueil, celle qui a donné son nom au livre : « La Muse de Sang », cette offrande à « la Mort, idole hindoue aux cent mille visages », est d'octobre 1915. L'indignation et l'horreur n'ont fait que croître, dès lors, jusqu'au dernier poème, écrit un mois avant sa mort.

Cette mort, Marc de Larreguy de Civrieux la pressentait. A de certains moments, il parlait de lui comme au passé, et c'est parce qu'il se regardait déjà sur l'autre rive du Temps, qu'il se reconnaissait le droit de dire la vérité en face à ses bourreaux :

« Je hais les lieux communs des mots patriotiques,
Je combats le mensonge et son idolâtrie.
Mon passé me rend quitte envers notre patrie !... »

Quelle est donc la vérité qu'il oppose à ce mensonge ? La vérité, c'est que les vrais ennemis ne sont pas au delà des frontières...

« Dans l'Etat de la Mort, il n'est nulles frontières... » tous les peuples sont également sacrifiés à une cause qui n'est pas la leur, et qu'ils ne comprennent pas.

L'ennemi, c'est, dans tous les pays, l'égoïsme, l'orgueil, l'intérêt de quelques-uns, dont l'effet dévastateur est centuplé par une griserie idéologique, comparable aux pires fanatismes religieux des temps anciens. Quand le mensonge de cet idéalisme se découvre aux yeux de Marc de Larreguy — (ainsi devant le charnier de « La Maison Forestière ») — son âme sincère est soulevée de dégoût ; avec un dédain exaspéré, le jeune poète rejette le titre dérisoire de « poète »...

« ... Moi qui ne suis pas poète... »

Aux grands mots imposteurs, il oppose, par réaction, l'atroce réalité. Et, dans le désespoir de cette révélation, tout lui semble mensonge, de la beauté du monde, tout, les lois, le ciel même. « Tout ce monde apparent n'est qu'un guet-apens... » La jeunesse des tranchées, vivante ensevelie dans les sépulcres de l'Argonne, a le sentiment affreux que tout est ligué contre elle, — ennemis et amis, les hommes et la nature. Aussi, comme ils voudraient au moins, avant de mourir, crier leur mépris aux embaumeurs officiels, aux journalistes héroïques, qui, non contents de les contraindre à mourir « jusqu'au bout », leur prêtent une joie épique, et, après les avoir torturés vivants, les poursuivent jusque dans leurs tombeaux : « Debout les Morts !! ».

« Laissez-les donc dormir en paix !
Après avoir porté le faix
De tant de maux et de forfaits,
Après s'être damnés pour vos haines civiles... »

Je ne sais si, comme le dit dans sa préface Marc de Larreguy, ce livre reflète « l'exacte psychologie du soldat durant cette guerre ». La foule humaine a des millions de têtes. La joie et la souffrance ne sont pas les mêmes pour tous. Ce sont toujours les meilleurs qui sont le plus malheureux. Car ils souffrent pour les autres, autant que pour eux-mêmes ; et ils souffrent dans leur âme, bien plus que dans leur corps. Marc de Larreguy de Civrieux, disait un de ses officiers, « a les plus grandes qualités; mais il a un grave défaut : il pense ! » En dépit du mot fameux de Pascal, ce défaut n'est pas commun aux hommes. Ces roseaux plient; mais ils pensent rarement. Ils achètent à un sou la pensée fabriquée, que leur vendent, avec l'alcool, les gouvernements. Malheur à ceux qui pensent ! Ils ont été, dans cette guerre, des crucifiés. Chacun d'eux fut un Christ.

C'est ainsi que je vois le pauvre petit Marc de Larreguy de Civrieux... « Agnus Dei qui tollis peccata mundi... »

Je voudrais ajouter quelques mots de consolation pour le malheureux père. Avec une poignante humilité, il s'accuse de n'avoir rien fait pour empêcher la mort de son fils, et même de l'y avoir poussé. Ah ! ce n'est pas lui, le coupable ! qu'il se souvienne de la tendresse passionnée, de la touchante bonté avec laquelle son fils lui cache ses souffrances, jusqu'à la fin ! — Le coupable, c'est tout l'ensemble d'une société décrépite, c'est une religion vieillie, qui fut grande en son temps, qui est moribonde et mortelle aujourd'hui, la religion de la tribu, de la caste, de la nation, qui doit tomber — qui tombe devant la nouvelle foi, la foi en l'humanité. Nous tous, nous avons cru dans le Dieu de nos pères, dans le vieux Dieu jaloux ; et même les plus libres, par piété de souvenir, ont, jusqu'en 1914, *répugné à s'en dégager. C'est cette honteuse guerre qui a ouvert les yeux à des millions d'entre nous. Les dieux de la mort et du passé se sont montrés, dans leur sanglante nudité. Et, sur le massacre des Innocents, nous avons vu planer, comme les bergers de Noël, l'étoile annonciatrice de la religion nouvelle. Dans les nuits de l'Argonne, j'en suis sûr, sa lumière a caressé les yeux douloureux de Marc de Larreguy de Civrieux.*

Que son père et ses amis ne restent pas sur l'impression de désespoir et de néant cruel, qui doit leur rendre déchirante la lecture de quelques-unes de ces poésies ! Elles ne sont qu'un moment de transition sur son chemin de croix. Marc de Larreguy n'y fût point demeuré. De même que, s'il avait vécu, il eût certainement corrigé, resserré, l'expression insuffisante ou défec-

tueuse parfois de certains de ces poèmes, de même son instinct d'harmonie intérieure en eût corrigé la négation violente par l'espoir ou le vouloir d'un avenir plus humain. A l'horreur de la mort, il eût opposé cette religion de la vie, qui le pénétrait au fond, et qui lui a inspiré la plus pure, la plus belle, la plus touchante de ses poésies : « A celle qui oubliera ». Ici, le jeune mort — (car sa voix semble déjà venir du monde élyséen) — dans son abnégation, prie ceux qui lui sont le plus chers de ne point garder sa mémoire :

« ... Oublie : Et que ton cœur n'ait nul remords !
Aime vivre !...
Se souvenir d'un mort est un grave péché.
... Aime la joie !
Adieu ! Fuis loin d'ici, par les vagues du Temps...
... Là-bas, l'amour t'attend... »

Cette sainte image de bonté et d'amour qui s'oublie, pour ne songer qu'au bonheur de ses aimés, restera dans notre souvenir, liée au nom de Marc de Larreguy de Civrieux. Que cette jeune victime soit pour nous le symbole de la fleur du monde fauchée, — de la jeunesse de l'univers, immolée par une humanité qui délire, à ses fétiches barbares !

Noël 1919.

Romain ROLLAND.

AVERTISSEMENT

Ecoute ton cœur battre et dis ce que tu sens.

LAMARTINE.

Laissez dire, laissez-vous blâmer, condamner, emprisonner, mais publiez votre pensée. Ce n'est pas un droit, mais une étroite obligation de quiconque a une pensée de la produire et de la mettre au jour pour le bien commun.

La Vérité est toute à tous.

PAUL-LOUIS COURIER.

Lamartine écrivait en 1849, à un ami, au moment d'une édition nouvelle de ses « Recueillements poétiques », — si puissamment virils : — « Tirez, si vous le voulez, de cette lettre une préface. *Cela ne se lit pas...* » — Sous l'apparence d'une boutade, Lamartine avait exprimé une idée très juste... Je voudrais pourtant que cette préface fût lue avant mes poèmes de *LA MUSE DE SANG*, car elle les éclaire dans leur crudité violente et en justifie certains détails, peut-être un peu outrés.

Ces vers ont été écrits « dans la Mêlée ».

« Il faut se séparer, pour penser, de la foule et s'y confondre, pour agir. »

Je me suis « confondu pour agir » dans la foule des vrais combattants ; mon œuvre, écrite parmi eux, est donc vécue et sincère.

Mais il ne m'a pas été donné de pouvoir suivre le premier conseil du poète : « se séparer, pour penser, de la foule ».

Aussi ai-je exprimé mes sensations en toute spontanéité, sans en modérer parfois certaines expressions par un recueillement réfléchi.

Telle qu'elle est, ma *MUSE DE SANG* est profondément humaine et reflète l'exacte psychologie du soldat durant cette guerre.

Trop d'autres poètes n'ont fait que « se séparer, pour penser, de la foule » et ne s'y sont point confondus, de sorte que, n'ayant aucun contact réel avec l'existence des combattants de « tranchées », ils ont faussé leurs idées sous la ridicule grandiloquence de leur propre égoïsme patriotique... Je peux dire, au contraire, que :

> Tous leurs maux ont coulé dans le lac de mes pleurs.
> La douleur s'est faite homme en moi pour cette foule... »

Je m'attends, si ce livre me fait connaître, à avoir beaucoup d'ennemis et je me répète le magnifique « Dialogue de l'auteur et de son ombre » que Romain Rolland a placé en tête de sa « Foire sur la Place ».

« Moi : — Tu critiques trop de choses. Tu irrites tes ennemis et tu troubles tes amis...

Ne touche pas à la France, même pour la défendre. Tu troubles les braves gens...

« Jean-Christophe : — Les braves gens oui, sans doute, *les braves gens à qui cela fait de la peine qu'on ne trouve pas tout très bien, qu'on leur montre tant de choses tristement laides*. Eux-mêmes sont exploités, mais ils n'en veulent pas convenir. Ils ont tant de mal à constater le mal chez les autres qu'ils aiment encore mieux être victimes.

« Ils veulent qu'on leur répète, au moins une fois par jour, que tout est pour le mieux dans la meilleure des nations et que... « tu resteras, ô France, la première... » Après quoi, les braves gens rassurés se remettent à dormir et les autres à faire leurs affaires.

Bonnes et excellentes gens ! Je leur ai fait de la peine, je leur en ferai bien davantage ; je leur demande pardon, mais s'ils ne veulent pas qu'on les aide contre ceux qui les oppriment, qu'ils pensent *au moins que d'autres sont opprimés* et n'ont point leur résignation et leur puissance *d'illusion*, d'autres que cette résignation même et cette puissance d'illusion *livrent aux oppresseurs*.

Comme ils souffrent, ceux-là ! »

Jean-Christophe (*Romain Rolland*).

En ces années où le mensonge journalistique a perverti tant d'esprits, il est bon de se souvenir de la phrase si profondément juste du grand Tribun de la Paix, de notre Lamartine national et international :

« Je suis *homme avant* d'être Anglais, Français ou Russe. »

A tous ceux qui auront su sauvegarder cette qualité d'homme dans la folie universelle des intelligences, j'adresse ces visions de la Géhenne pour remplacer dans leur âme cette « imagerie d'Epinal » du plus criminel des patriotismes que le commerce honteux de nos gens de lettres répand depuis la guerre.

Et si mon œuvre de vérité et de justice ne trouvait pas créance ou restait momentanément inconnue, je me souviendrais que :

« Les déceptions ne sont que des vérités cueillies avant le temps... » et j'attendrai :

MARC DE LARREGUY.

La Muse de Sang

Louis-René-Marc LARREGUY (de Civrieux)
né le 27 février 1895 à Sorente, sur le Golfe de Naples.
Tué le 18 novembre 1916 à Froideterre, devant Verdun.

LA MUSE DE SANG

A Mme d'Auxerre.

O Mort ! Idole hindoue aux cent mille visages !...
Ton monstrueux aspect annihile l'esprit
Et ton incarnation, avec calme et mépris,
Trône superbement sur le tombeau des Ages !...

Chaque homme, sous le joug de ce qu' « Il fut écrit »
Aborde, au jour fixé, l'une de tes images...
Tout chemine vers Toi : soldats, rêveurs et mages
Et, ricanant aux uns, à d'autres tu souris.

Tes Figures varient avec les Destinées :
L'une, aux yeux étoilés, aux lèvres inclinées,
S'offre au baiser glacé du poétique amant...

Mais moi, je dois mourir sous la Face damnée
D'une Muse de Sang, cruelle et décharnée :
La Guerre, au rictus fou de l'Epouvantement !

Octobre 1915 (*Au front*).

1815-1915

Aux Frères de l'An Quinze.

Je vous ai vu passer, comme de vils troupeaux,
O soldats de l'An Quinze aux mornes équipées!
Puis, je vous ai suivis! et dans vos froids drapeaux
Je n'ai senti souffler aucun vent d'épopée!...

Des ombres de Raffet m'obsédaient sans repos
Avec leurs fiers clairons, leurs folles galopées!
Une immortalité luisait sur leurs épées,
Et la défaite héroïsait les oripeaux!...

...Un siècle a transformé les humains en fossiles
Enterrés dans des trous comme un bétail docile
Parqué pour l'abattoir des modernes Titans!

J'ai pleuré, sous le joug, de suivre votre ornière,
O Frères de l'An Quinze, et maudis ma tannière,
En rêvant aux exploits des grenadiers d'Antan!...

Décembre 1915 (*Au front*).

POURQUOI ?

Eaux-fortes de Callot!... Cauchemars de Goya!...
Vous que jadis je pris pour des caricatures,
Je sens la vérité de vos sombres peintures
Depuis que le malheur de moi fit un paria...

L'Idéal Sanctuaire est devenu charnier!
Son dieu-fantôme a fui devant la Pourriture.
Les Mystères sont morts et morte la Nature,
Et mon cœur ne sait plus que maudire ou renier!

J'en jure par vous tous, lugubres macchabées!
Jamais je n'oublierai vos mornes bouches bées
Dans un muet pourquoi de reproche impuissant...

O pauvre humanité qui, par ta faute, souffres,
Quel Mal caché te pousse à courir dans le Gouffre
Jusqu'à ce que ton Ame ait sombré dans le Sang!...

Janvier 1916 (*Au front.*)

INFERNO !

O forêt de l'Argonne, hélas! je t'ai connue
A l'heure où la bataille a pris tes horizons;
Un de tes noirs ravins me tient lieu de prison
Et j'y vis face à face avec ta Beauté nue!...

Mais, soit que le soleil chauffe tes frondaisons
Ou que le givre pende à tes cimes chenues,
J'entends le vent râler parmi tes avenues
Comme la voix des morts couchés sous ton gazon.

Tes arbres, suppliciés par la Guerre sans trêve,
Crispent leurs moignons vifs aux blessures de sève
En des poses d'horreur protestant au ciel las!...

Et, métarmorphosant leurs formes gigantesques,
Dans l'ombre, humanisés, ils incarnent, dantesques,
Tes cadavres roidis dans la nuit d'Au-Delà!

Janvier 1916 (*Au front.*)

L'OSSUAIRE

C'est presque un coin désert de la lande bretonne
Sous son suaire blanc de neige et de brouillard...
Des croix... des croix encore! ...Hélas! Quel cauchemar!
L'Armor est loin, bien loin... Nous sommes en Argonne.

L'Hiver, comme un loup maigre, erre entre les tombeaux
Et brise sans pitié les plus humbles couronnes...
Le Spectre de la Guerre, à tête de Gorgone,
Hulule dans la bise où girent les corbeaux!

La neige ensevelit les tombes, une à une;
Comme un bras de pêcheur enlisé dans la dune
Quelques croix, cà et là, pointent du sol glacé.

Mais la chute du Temps submerge la clairière;
Tout s'évanouit, dans cette mort du cimetière :
Et l'éternel Néant engloutit le Passé!...

23 *Janvier* 1916 (*Au front*).

NUIT DE RELEVE

La grand'route s'allonge entre de noirs sapins
Là-bas, vers l'horizon aux perfides ténèbres.
Seules, quelques fusées, comme un serpent d'or, zèbrent
D'un signal lumineux les sinistres lointains.

La route fuit — comme un rouleau sans fin...
On sent un lent frisson ramper dans les vertèbres
Devant le morne aspect de ces sapins funèbres
Que n'égaient pas encor les rayons du matin...

Oh! cette route, aux obsédantes perspectives!
Combien de fois, par mes allers et mes retours,
Ai-je déjà compté la succession des jours!...

Que de piètres repos et de marches hâtives,
Dans la nuit noire... avec l'espérance, furtive,
D'une aurore de Paix qui recule toujours!

Février 1916 (*Au front.*)

TUERIE D'AUTOMNE

L'attaque avait longtemps couvé comme un orage,
On la sentait tout proche au déclin de l'Eté...
En brusque coup de foudre, elle vient d'éclater,
Et le canon, aux mille écho des bois, fait rage!

Nous partons sous la pluie à l'obsédant mirage,
Tous à la file indienne et sans nous arrêter,
Car l'alerte est donnée, et il faut nous hâter
Vers le combat sanglant qui règne en ces parages!

Avant de m'engloutir au charnier détesté,
Je me remplis les yeux de votre majesté,
O merveilleux lointains où la forêt moutonne!

Mais il me faut, hélas! vous fuir à contre-cœur,
En songeant dans la Lutte, avec quelle rancœur!
Qu'ici, c'est la Tuerie... et là-bas c'est l'Automne.

Février 1916 (*Au front*).

(*Attaque de septembre* 1915.)

24

LE DORMEUR SOLITAIRE

Dans le boyau plein d'ombre où tâtonnent mes pas
Une forme couchée, obstruant le passage,
M'arrête... Je ne puis continuer mon voyage,
Car le dormeur ne bouge pas.

« Allons, debout, ami! Tu dois veiller là-bas...
La tranchée est déserte et l'Ennemi, d'un signe,
Guette un moment d'oubli pour sauter dans nos lignes. »
Mais le dormeur ne répond pas.

« Pourquoi donc ce silence? Es-tu malade, ou las?
(Quelle immobilité! n'est-ce vraiment qu'un rêve?)
« Parle, mon âme a peur, veux-tu que je te lève? »
Mais le dormeur ne répond pas.

Mon cœur bat lourdement comme un funèbre glas
En levant le haillon de lugubre présage
Qui revêt l'Inconnu des pieds jusqu'au visage...
Mais le dormeur ne bouge pas.

O noirs pressentiments, quelle trouvaille, hélas!
Qui me glace d'effroi et de pitié me navre...
Ce dormeur mystérieux est un morne cadavre,
Et son sommeil est un trépas!

Mais les lèvres, soudain, desserrent leur motus,
Sous le crâne entr'ouvert rescussite l'œil glauque,
Et le Mort, d'une voix au son lointain et rauque,
M'a répondu dans un rictus :

« Pourquoi viens-tu troubler mon néant radieux?
Ta parole, ô vivant! réveille ma souffrance,
J'ai connu ton martyre avant ma Délivrance,
Loin de ce monde au joug odieux! »

Mais les lèvres d'énigme ont repris leur motus...
Sous le crâne entr'ouvert, ô vision suraiguë!
L'œil redevient vitreux dans la face exsanguë
Que crispe un éternel rictus.

Février 1916 (*Au front*).

NUIT DE GARDE

Jeune soldat, il te faut prendre garde!
Au créneau, la lune est blafarde,
Dans l'ombre rôde la Camarde...

Jeune soldat, mon frère, il te faut prendre garde
Aux silhouettes de la nuit!...

Jeune soldat, il faut sécher tes larmes
Et de la voix donner l'alarme
Si l'Ennemi surgit en armes...

Jeune soldat, crois-m'en, il faut sécher tes larmes
Car, pour voir clair, de pleurer nuit!

Jeune soldat, ne songe qu'à la guerre...
Pour être au guet, il ne faut guère
Te souvenir du doux naguère...

Jeune soldat, tu dois ne songer qu'à la Guerre
Afin de ne jamais dormir!

Jeune soldat, il faut veiller sans trêve,
Fuir le repos et fuir le rêve
Jusqu'à ce que le jour se lève!

Jeune soldat, mon frère, il faut veiller sans trêve
Où ta consigne est de mourir!

Février 1916 (*Au front*).

CHASSE D'HIVER

La neige — bienfaisante ainsi qu'une charpie
Panse les troncs saignants des grands arbres blessés
Et bouche, peu à peu, de ses flocons glacés,
Les plaies d'un sol troué par une guerre impie...

Tous indices de mort sont bientôt effacés...
La terre, convulsée, est enfin assoupie,
Et la bise d'hiver, dans le brouillard tapie,
Semble l'écho lointain de nos malheurs passés...

Nulle piste de bête en la blanche forêt...
Seuls, vers les horizons, se gravent, sans arrêt,
Des pas, des pas humains sur la plaine fantôme!

Depuis que les canons à la meute d'acier
Poursuivent l'Ennemi comme le carnassier,
Les animaux ont fui devant la Chasse à l'Homme!

Mars 1916 (*Au Front*).

MES ENNEMIS

> Notre ennemi c'est notre maître ;
> Je vous le dis en bon françois.
> LA FONTAINE. (*Le Vieillard et l'Ane.*)

Ce n'est, certes, pas vous, ô soldats étrangers!
Que séparent les monts, les forêts ou les fleuves,
Vous qui fraternisez dans les mêmes épreuves,
Laissant derrière vous orphelins, parents, veuves...
Lorsque vous succombez après d'affreux dangers!

Pendant que nos tyrans convoitent des lambeaux,
Dans l'Etat de la Mort, il n'est nulles frontières...
Nous gisons, côte à côte, aux mêmes cimetières,
Après avoir lutté pendant des nuits entières
Pour conquérir la Paix au fond de nos tombeaux!

Mes ennemis? c'est vous! gouvernants timorés,
Qui prenez sans péril une pose de gloire,
Et, dans cette moisson sanglante de l'Histoire,
Ne songez qu'à vous seuls en parlant de victoire,
O vous, dont les vertus sont des vices dorés!

Vous qui poussez au meurtre et nous assassinez!
— Hypocrites dévôts au cœur de frénésie!
Je voudrais démasquer toutes vos hérésies
Et faire palpiter — parmi mes poésies —
La vengeance de ceux que vous avez damnés!

7-9 *Février* 1916 (*Au front*).

LE DRAPEAU DE LA REVOLTE

— Je parle en votre nom, ô Frères ignorés,
Qui n'osez pas clamer votre amère souffrance
Et mourez, sans un mot et sans une espérance,
Pour une humanité aux Chefs déshonorés !

Je parle en votre nom, ô Parents qui pleurez
La mort d'un fils, qui fut pour lui sa délivrance,
Et ne pouvez plus croire, après cette navrance,
En vos Bourreaux menteurs qui vous ont tant leurrés !

Je parle en votre nom, muets amis de la tombe,
Qui sans cesse accroissez l'inutile hécatombe,
Et surgirez de terre au jour de Vérité !

— En votre nom à tous, je m'adresse à la foule
Pour qu'elle arbore enfin, sur l'Univers qui croule,
Le Drapeau de Révolte et de Fraternité !

Mars 1916 (Au front).

A BAS LE VEAU D'OR !...

A Romain Rolland.

Je hais les lieux communs des mots patriotiques
Et le banal encens des hymnes officiels...
Je veux chanter la Guerre aux visions chaotiques
Qu'ignore maint poète aux vers artificiels!...

Je combats le mensonge et son idôlatrie,
Le joug de la Censure et de l'Inquisition!
Mon passé me rend quitte envers notre Patrie
Et la libre pensée éclaire ma mission!

Qu'un autre de la gloire ou de l'or soit esclave;
...Au nom de ma conscience et de la Vérité
J'arrache le bâillon, je déchire l'entrave
Et proclame crûment mon cœur de Révolté!

Et si, dans le troupeau des Moutons de Panurge
Qui bêlent veulement lorsqu'ils sont fustigés,
Je n'en trouve qu'un seul qui, comme moi, s'insurge,
Je prêcherai l'exil de nos mauvais Bergers!

D'abord : les profiteurs de l'anonyme Etat,
Qui font, sans en souffrir, acte de stoïcisme,
En hurlant : Jusqu'au bout! comme leur Gambetta,
Et vouent l'esprit du Sage au plus dur ostracisme!

Ensuite : les valets, au Pouvoir prostitués
(Dont la seule campagne est celle de la Presse!),
Qui excitent partout les gens à s'entre-tuer
Sans que rien ne les touche ou que rien ne les presse!
Enfin : tous ces gobeurs et tous ces Tartarins,

Qui rêvent de lauriers, de héros, d'épopée,
Sans voir notre existence au fond de souterrains,
Et dont tout le lyrisme aurait peur d'unue épée!...
Eh bien! ces faux bergers, il faut les exiler

Si nous voulons que vive une France nouvelle...
Le peuple, je l'espère, a les yeux dessillés
Et n'attend plus qu'un Homme en lui qui se révèle!
C'est pour cet homme-là que je pense et j'écris

Ce livre dans lequel s'insufflera ma vie!
Qu'il ameute la foule et réduise en débris
La Guerre, ce Veau d'or à gueule inassouvie!

Mars 1916 (*Au front*).

LA LUNE ROUGE

A Georges Pioch.

I

Dans l'Arcadie élyséenne
La lune — à la corne païenne —
Parmi l'ancien décor
S'endort...

C'est une douce léthargie
Au Bois de la Mythologie
Que peuplent en tous lieux
Les Dieux...

Les Muses jouent dans la clairière
Un chœur mystique de prières
Qui monte vers l'azur
Obscur...

Et l'âme morte des poètes
Revit, la nuit, dans ces retraites
Où rêve un demi-jour
D'amour...

II

Dans la géante Europe, au sombre éther nocturne,
Depuis les grands labours ensommeillés d'Artois
Et les mornes forêts des Vosges taciturnes,
Jusqu'aux pics du Trentin, que hantent les chamois,
Des marais de Pologne à la Flandre des dunes,
Parmi les champs de Mort, de Lodz à Charleroi,
Au-dessus de la Guerre, avec un pâle effroi,
Voyage, dans les nues, le Spectre de la Lune!...
Tous les peuples, au guet, voient, peinte en son visage
Où se sont, de tous temps, mirés les paysages,
L'hallucinante horreur des terrestres charniers!
Et, sur l'Humanité en proie au fol carnage,
La Lune, dans la « Nuit » où s'engloutit notre Age,
Comme un œil de remords, toute rouge, a saigné!

30 *Mai* 1916 (*Sur le front*).

A CELLE QUI OUBLIERA

Si — loin de toi — ton frère meurt,
Mets son image sous un verre...
Cours dans les prés cueillir des fleurs
Aux simples et fraîches couleurs,
De celles qu'il aimait, naguère...
Et, dans un vase funéraire,
Arrose-les de quelques pleurs...

Si — loin de toi — ton frère meurt,
Mets son image sous un verre...

Puis, laisse là les fleurs et le beau cadre en or!...

N'imite pas l'humble Bretonne
Qui vit dans l'ombre du Christ mort,
Au pied d'un calvaire d'Armor,
Le long des grèves monotones,
Parmi la lande aux genêts d'or...

N'imite pas l'humble Bretonne
Qui vit dans l'ombre de la Mort!...

Mais loin, bien loin des sépulcres d'Argonne :
Oublie!... et que ton cœur n'ait nul remords!...

Vis! et que « Vivre » soit le seul orgueil
De ta jeune âme, insouciante et ravie!
Prends garde au contact du cercueil :
Car c'est un périlleux écueil
Où s'échouerait ta faible vie;
Et tes espoirs et tes envies
Seraient l'épave de ton deuil!

« Aime vivre! » et que ce soit là l'orgueil
De ta jeune âme insouciante et ravie!...
Se souvenir est un grave péché.

Vis! — ne crois pas au Paradis caché!
Ton existence est une ardente « Proie »
Que, pour son ombre, il ne faut pas lâcher!
A quoi te sert de La chercher?
Marche au milieu de la terrestre voie,
Sois une femme : aime la Joie!

Se souvenir d'un mort est un grave péché...
Laisse son « ombre » au Ciel caché...
Garde ta vie : elle est ta proie!
Fuis le passé funèbre où ton frère t'attend!...

Une nef est à l'ancre, aux bords des flots du Temps...

Sa proue est orientée au large... vers Cythère...
Embarque-toi! Dans l'île afflue un clair printemps!
Laisse à terre un passé au fantôme attristant...
Ton cœur est animé par le vivant mystère
D'aimer un autre cœur, comme lui solitaire...
Adieu!... Fuis loin d'ici par les vagues du Temps!
La nef tourne sa proue au large, vers Cythère...
Et, sur les bords de l'Ile où fleurit le printemps —

Sois heureuse, ô Psyché! là-bas : l'Amour t'attend.

Avril 1916 (*Au front*).

LA MAISON FORESTIERE

Jadis, le Voyageur découvrant ta retraite
Calme et mystérieuse au cœur de la Forêt,
Voyait dans ta façade une douceur discrète
Qui le tenait longtemps et songeur... en arrêt...

C'était une douceur d'invite hospitalière;
Un sourire entr'ouvrait ta porte au tendre accueil,
Et, sous le vert sourcil de ses rameaux de lierre,
Ta fenêtre, au passant, semblait cligner de l'œil!...

Près de toi prospérait un jardin clos de haies,
Uniforme et sans fleurs, comme un champ potager...
Les grands Bois y versaient l'ombre de leurs futaies
Et dans l'âme naissait l'oubli de voyager...

Mais, maintenant, hélas! comment te reconnaître
Avec la large plaie ouverte dans ton flanc,
Les volets arrachés de ton humble fenêtre,
Les ruines de ton seuil et de ton toit branlant?

La guerre, toi aussi, t'a prise pour victime,
Pauvre Maison blessée! oh! comme je te plains
Et comme je maudis l'horreur de notre crime,
Nous, les hommes, qui ne savons qu'être inhumains!

Ton jardin, comme toi, revêt une autre face...
Où la plante croissait s'érige un tumulus,
Et, dans l'ancien sillon, les légumes font place
A des petites croix de bois blanc vermoulu...

Adieu!... l'aspect fécond de la saine Culture!
Rien ne subsiste plus du fertile passé...
Et, dans le noir terreau du sol des sépultures,
Les larves de la Pourriture
Germent parmi les corps sanglants des trépassés!...

Le Mort pour la Patrie est un Levain de Gloire
O vous tous qui d'un mort avez gardé mémoire,
Vous qui restez en proie à la pire affliction,
Lisez ce vers écrit au Jardin de l'Histoire,
Sur le fronton d'entrée, en guise d'inscription...

Mais moi qui ne suis pas « poète »
Et ne puis croire à ces grands mots,
J'aime mieux la pancarte à la fosse des bêtes
Où l'on lit tout crûment : « Charogne d'animaux ! »
Oh! ce « levain » de chair humaine
Qui fermente dans le tombeau,
Parmi les vers ivres de Haine
Et dont se goinfre le corbeau,

— De ce puant « levain de gloire »
Gonffle le pain de la Victoire...
Avec ce « levain », on l'aura!
Mais prenez garde que, naguère,
Grâce au « levain » d'une autre guerre,
Nous avons eu... le Choléra!...

Ne vous laissez pas prendre à la voix mensongère
De nos lyriques triomphants!...
La Déesse Patrie est comme une Mégère
Qui martyrise ses enfants...

Ne vous laissez pas prendre aux perfides approches
De nos terribles horizons,
A la beauté des bois, à la splendeur des roches
Et au repos de nos gazons!...
Ne vous laissez pas prendre au bleu raphaëlique
D'un firmament peuplé d'oiseaux...
Aux souffles printaniers, à la source idyllique
Qui suinte au milieu des roseaux...

Tout ce monde apparent n'est qu'un décor factice,
Un trompe-l'œil, un guet-apens,
Où l'ombre de la Mort, sournoise et subreptice,
Sort des coulisses en rampant!...
Sur la scène, voyez comme elle est cabotine,
Elle! l'Actrice des Héros!...
Elle se fait un jeu d'éblouir la rétine
Comme un macabre « Torero » !
Ainsi qu'un grand drap rouge, elle agite, en mirage,
La gloire pourpre des Combats,

Et, quand vous y foncez de toute votre rage,
Vous ne trouvez... que le Trépas!...

Le premier acte est clos : l'humaine tragédie
Change figurants et tableau...
Et la « Toile du fond » paraît tout enlaidie
Après le lever du rideau...
Les grands sapins que le Sort cogne
Avec la hache de l'obus
Ont joint leur carcasse aux charognes
Qui décomposent sous l'humus...
Les pentes fleuries des collines
Ont chu dans l'entonnoir des mines
Qui trappent le sous-sol truqué,
Et dans l'azur gire et louvoie
Un gigantesque oiseau de proie
Qui cherche l'homme à débusquer!

Et toi, la Maison forestière!
Te voici devenue, aujourd'hui,
La Gardienne d'un cimetière
Où pousse l'herbe de l'Ennui...
Ton hospitalité me navre
De s'être offerte... à des cadavres!

Hélas!... Je pense à ton Passé
Que rien ne trouble et nul n'agite —
Où tu servais, le soir, de gîte
Au pauvre pèlerin par la route harassé!

Ravin des Sept-Fontaines (1er *juin* 1916).

LETTRE D'UN SINGE DE L'ARGONNE A UNE PERRUCHE DE PARIS

Merci d'avoir songé qu'autrefois je fus homme
Avant de devenir une « bête de somme »,
— Un soldat! veux-je dire, un superbe soldat,
Car n'imaginez pas que mon sac est un bât!...
Grand merci de vos vœux pour la France éternelle :
Comme une belle femme, elle est un peu cruelle;
Mais, de grâce, Madame, épargnez mes lauriers :
Cet arbuste est si rare en nos climats guerriers!
L'air froid lui est funeste et c'est dans une serre
Que vous en trouverez le plus bel exemplaire!...
Les lauriers? C'est le lot de nos jeunes Ronsard
Qui chantent les combats sans y avoir pris part
Et, pour nous couronner, se couronnent eux-mêmes
Dans un boudoir fleuri de charmants chrysanthèmes!

J'ai reçu de l'un d'eux des vers : « L'Ode aux Héros » ;
Que c'est vrai! Les soldats sont tous des numéros...
L'âme n'existe pas et ne fait rien qui vaille.
L'Ode aux Zéros! mais c'est une pure trouvaille!
Quelle psychologie en ce chiffre tout rond!
Zéro : c'est la valeur d'un homme sur le front!

Je ne puis vous citer ce poème sublime,
Mais pour vous j'en détache au moins une maxime :
« Tenir! c'est le mot d'ordre! et sauvons le drapeau! »
Bravo! Qu'il soit sans crainte : oui! je tiens à ma peau...
Et quant aux trois couleurs vraiment trop exposées,
Mettons-les dans un coin de nos glorieux musées!
Que ces vers sont « vécus »! Que ce poète est fort!
Monocle à l'œil, il lit un plan d'état-major,
Une plume à la main... charge à la baïonnette
Et voit le front par le gros bout de la lorgnette!
Pourquoi n'y vient-il pas chercher l'Inspiration?
Mais j'y suis... ah! mon Dieu! c'est de l'Ab-né-ga-tion!

Et puis, je me souviens : Sa Muse, je l'ai vue,
Un Quatorze Juillet, à la Grande Revue...
Son casque était, ma foi! un fort joli chapeau...
Une ombrelle à la main lui servait de drapeau...
Mais, au fait, vous allez, sans doute, croire
Que je désigne ainsi quelque « couple » notoire :
C'est le poète Un Tel, vous dites-vous, avec
Mademoiselle X... ou bien Madame Y...

Ah! ce monde! J'oublie, en commettant la bûche,
Que je ne suis qu'un singe et vous une perruche.
Aussi, pour éviter un fâcheux quipropro,
Je suis très humblement :

Votre fidèle

Echo.

L'EPITRE AU PERROQUET

As-tu lu le journal, Jacko, mon vieux Jacko?
Il me semble aujourd'hui t'entendre qui jacasse
— De la façon la plus cocasse —
Tous les « en-tête » rococos
De la gazette de l'« Echo » :
« Crr... Crr... on les aurra... Crr... Rrr... Victoire prroche... »
Et tu rêves que tu bamboches
Avec quelques tripes de Boches!
Te voici donc l'« alter ego »
De ton grand maître, l'Hidalgo,
(Toujours « sans peur et sans reproche »)
Qui — « loin de l'œil des Wisigoths » —
Ecrit, pour tous les bons gogos,
Au nom de Maurice... Baudoche!
Crois-le, je suis fier de connaître
Un perroquet aussi savant
Qui peut répéter à son Maître :
« Nous les tenons! » et « En avant! »
Car nous, les Singes des grands Bois,
Dans notre Argonne, loin des Hommes,
Nous les oublions et nous sommes

Bien plus sauvages qu'autrefois!

« Le hareng toujours se sent dans la caque »,
A dit un bipède écrivain :
Vouloir imiter l'homme est ridicule et vain
A moins que l'on ne soit perroquet ou chauvin
...Et j'aime mieux rester :

Ton fidèle

Macaque.

LES SOLILOQUES DU SOLDAT

I

Depuis les jours de Charleroi
Et la retraite de la Marne,
J'ai promené partout ma « carne »
Sans en comprendre le pourquoi...

Dans la tranchée ou sous un toit
Par le créneau ou la lucarne,
A cette guerre, je m'acharne,
Sans en comprendre le pourquoi...

Quand je demande autour de moi
Quel est le but de ces tueries,
On me répond le mot : « Patrie! »
Sans en comprendre le pourquoi...

Mieux me vaudrait de rester coi,
Et quand viendrait mon agonie,
De m'en aller de cette vie
Sans en comprendre le pourquoi...

Février 1916 (*Au front*).

II

Nous sommes là,
Parmi la vermine et la gourme,
Sous le fouet du garde-chiourme,
Nous : les Soldats!...
Nous sommes là,
Et nous sommes bien las,
Hélas!
De rester toujours là!

Nous vivons là,
Dans les boyaux et dans les cagnes,
Plus malheureux que les Forçats
Ne sont au bagne!
Nous vivons là,
Et nous sommes bien las,
Hélas!
D'entendre sonner notre glas!

Nous crevons là,
Après mille et mille souffrances,
Et sans avoir d'autre espérance
Que le trépas!
Nous crevons là,
Et nous sommes bien las,
Hélas!
De ne rien entrevoir dans la nuit d'Au-delà!

Août 1916 (*Au front*).

III

Durant tout l'Hiver, il a plu...
Dieu ! Que le ciel était maussade !
Durant tout l'Hiver, il a plu,
— De plus en plus, de plus en plus,
Les pieds se collaient dans la glu...

Durant le Printemps, l'on s'est tué,
De plus en plus, de plus en plus.
L'Humanité était malade,
Et le massacre a continué
— De plus en plus, de plus en plus...
Et, dans l'Eté, les morts ont pué!

Quand vient l'Automne au froid brouillard,
L'Or et les Hommes ne sont plus...
L'on fait la paix parmi les ruines...
Quand vient l'Automne aux froides bruines,
L'Or et les Hommes ne sont plus...
La France meurt : il est trop tard!...

Août 1916 (*Au front*).

IV

A ceux pour qui la vie est « chère »
et qui font si bon marché de la vie des « autres ».

Le civil dit : « La Vie est chère ».
Moi, je la trouve bon marché,
Car je connais une Bouchère
Dont l'étalage s'est « gâché » :
Une Phrygienne, au bonnet rouge,
Aux lippes fraîches de sang bu,
Au front bestial, aux yeux de gouge,
Qui jette sa viande au rebut!

Vers de monstrueuses Villettes,
Elle se rue aux abattoirs
Et cogne à grands « coups de boutoirs »
Dessus les hommes qui halètent
Sous les gros poings de ses battoirs!

Elle dépèce, et taille et rogne
Les bras, les jambes, les cerveaux,
Et puis, elle offre sa charogne,
Sous l'étiquette de « Héros »,
Aux rats, aux vers et aux corbeaux!

Vous dites que la Vie est chère?
Moi, je la trouve bon marché!
Pourquoi laissez-vous se gâcher
Les « abatis » de la Bouchère?

Mangez!...Utilisez les Morts!
Qu'ils servent encore à la Vie
De ceux qui n'ont pas eu remords
De les lancer à la tuerie
Pour protéger leurs propres corps!

O bonnes âmes charitables,
Sauvez votre Conscience et, sans peur, récitez,
Avant de vous carrer à table,
Une prière délectable
A la « nouvelle Trinité »!
Chantez, chantez en chœur le « Benedicite »,
Dans vos festins d'humanité!...

Chantez, sanctifiez le divin sacrifice
Et donnez-vous l'absolution
« Au nom du Droit, de la Justice
Et de la Civilisation!!! »

2 *Septembre* 1916 (*Robert-Espagne, au repos*).

VADE RETRO

A Marcelle Capy.

« *Debout les Morts!* »

Laissez-les donc dormir en paix!
Ces morts, ces morts couchés, que vous ont-ils donc fait,
Pour être pourchassés dans leur funèbre asile?
— Après avoir porté le faix
De tant de maux et de forfaits,
Après s'être damnés pour vos haines civiles,
Après avoir sacrifié leur jeunesse et leur sang,
N'ont-ils pas droit que le Passant,
A leur trépas compatissant,
Les laisse enfin pourrir tranquilles?

Laissez-les donc dormir en paix
Sous la terre glacée et les gazons épais,
Dans le doux nirvâna de leur suprême pose!
Afin qu'ils ne sentent jamais
Le ver en eux qui se repaît
Et par qui, lentement, leur chair se décompose!
Afin que, jamais plus, ils ne rouvrent leurs yeux,
Et qu'ils oublient ce monde odieux
Au néant éternel et misécordieux
Où leur cadavre se repose!

Laissez-les donc dormir en paix
Sous la croix de bois blanc où croissent, tout auprès,
L'envahissante ortie et l'atroce ciguë...
Vous, les Bavards! soyez discrets
Devant l'énigmatique arrêt
De leurs cœurs, de leurs nerfs, de leur souffrance aiguë!
Et puisqu'ils ont lutté, sans parler, « jusqu'au bout »,
Puisqu'ils sont morts, roides, debout,
Ne hurlez pas avec les loups,
Autour de leurs chairs exsangues!...

Taisez-vous... Prenez garde à eux... Laissez-les seuls,
Roulés dans leurs toiles de tente...
Ou bien craignez! craignez que les Morts ne vous hantent
D'hallucinants remords et de folle épouvante,
Si vous touchez à leurs linceuls!

Septembre 1916.

MEA CULPA

à mon fils tué

Le semeur est celui qui sème la parole...

Jésus (*selon Marc*,, IV. 14-20.)

Je suis tout entier à la délivrance des êtres asservis ; à la compassion pour les malheureux, pour tous les opprimés.

Bouddha Çakya-Mouni.
(*Lalita-Vistara.*)

Il suffit de nommer les vertus capitales : l'humanité, c'est-à-dire cette charité exigible entre tous ceux de notre espèce sans distinction ; la droiture, c'est-à-dire cette rectitude d'esprit et de cœur qui fait qu'on cherche en tout le vrai et qu'on le désire, sans vouloir se donner le change à soi-même ni le donner aux autres ; enfin la sincérité et la bonne foi, c'est-à-dire cette franchise, cette ouverture de cœur mêlée de confiance qui excluent toute feinte et tout déguisement, tant dans la conduite que dans le discours.

Confucius.

Et le cri de mon âme est toujours toi, mon Dieu !

LAMARTINE.

Pour m'exprimer en toute franchise, à mon tour, je me mets, du moins par la pensée, en face de la mort, de la tienne, mon fils, advenue, comme de la mienne à survenir.

Mon fils, tu étais un bel et bon vivant, vibrant d'amour de la vie, enthousiaste d'art pour la vie. Ainsi tu grandissais, encore adolescent, et te vouais à la poésie et à la musique. Je t'avais élevé de mon mieux, le plus possible en liberté, au grand air, au bon soleil, comme en pleine terre, et, cependant, t'avais instruit et fait instruire du mieux possible aussi pour ta pensée libre et ton libre arbitre.

Avant 16 ans, tu t'épris passionnément de Lamartine — entr'autres grands poètes et penseurs admirés, aimés par toi. — Grâce à lui, tu t'élevas bien davantage et si haut que bientôt j'admirai, surpris, l'élévation exceptionnelle de tes pensées et de tes sentiments. Tu m'apparus un être d'élite et — telle était déjà l'harmonie de tes élans ardents et de tes sages propos — tu devins mon jeune Maître...

La Guerre éclata.

Ce fut moi, moi-même, un jour, jour de malheur, qui vins te dire : « Il faut t'inscrire ; il faut partir pour Elle — la Guerre » !

Tu me regardas, stupéfait.

Par respect mondain, dans l'illusion d'une fin prochaine de la Tuerie, j'insistai — au nom même de Lamartine — et rappelai le « Devoir pour la Patrie » !...

Tu aurais pu me répondre aisément, connaissant par cœur ton divin Maître :

« *L'Egoïsme et la Haine ont seuls une patrie.*
La Fraternité n'en a pas. »

Tu ne te refusas pas... Tu te résignas, par piété filiale, acceptas le sacrifice de toi-même imposé par ton père.

Six mois après, il te fallut, en effet, partir pour le Front.

Le jour de ton départ ce fut « notre inoubliable journée » celle où s'accomplit notre communion parfaite.

Or, depuis des mois, dans l'angoisse, j'avais compris, ressenti.

Je voulus te demander pardon, ce jour-là, pardon de t'avoir laissé condamner aux travaux forcés de la guerre et — peut-être ou sans doute, à la mort.

Tu me répondis :

— Comment ! toi, Papa, me demander pardon ! mais tu ne comprenais pas encore... et je t'aime...

Tu partis. Tu souffris, 17 mois durant, de toute ton âme. Ta Passion fut telle — au dire d'un de tes rares compagnons survivants, qui t'observa et s'efforça de te soulager d'esprit et de cœur — telle que « nul, sans doute, n'a souffert plus que toi, nul, peut-être, autant »!

Cependant, pas une fois, de vive voix ni dans aucune de tes lettres quotidiennes (500 et plus!) tu ne me fis ressentir ta Passion au point de me laisser seulement supposer le moindre reproche envers moi. Tu ne cessas, bien au contraire, de me soutenir, de me réconforter — autant qu'il se pouvait — par l'expression la plus tendre de ton amour filial et de ta reconnaissance même...

Et pourtant ! mon fils, pourtant ! mon passionnément aimé, si mal aimé, ce n'est pas seulement par Leur Crime, à Eux, mais par ma faute, à moi-même, que tu devais être, un matin, d'un éclat d'obus, tué, — peut-être « anéanti »...

Toi, mon pur et noble enfant, si noble et si pur que tu avais peine à comprendre le mal auparavant, toi que je me flattais d'appeler mon petit chef-d'œuvre — avec l'espoir du grand Chef-d'Œuvre, issu de moi-même inachevé !

Etait-ce présomption ? Ceux qui t'ont bien connu sont unanimes : tu avais l'âme et les dons d'un véritable artiste. Ne serais-tu pas devenu, — surtout après une telle épreuve — un grand poète et peut-être même un grand musicien (car, pour la musique aussi tu as laissé plus que des « promesses »...).

Par ma faute, ma faute irréparable, hélas ! oui, mais par Leur Crime, à eux, pour Leur Gloire et Leur Profit, tu as donc été privé de la vie, mon fils, de toute ta Vie Promise...

Eh bien ! moi, le survivant âgé, je me dresse ici contre Eux, Ceux qui ont menti, mentent, vivent — triomphants ou enrichis — du Mensonge et par qui j'ai été trompé — comme tant et tant d'autres innombrables dupes, tant et tant d'autres innombrables victimes.

Eux, tous ceux, mon fils, que ta Muse de Sang a maudits.

Eux, ceux-là mêmes qu'une brave paysanne appelait un jour devant moi les Mauvais. « Dans tous les pays, disait-elle, c'est la même chose : il y a les Bons et les Mauvais et ce sont les Mauvais qui font marcher les Bons ! »

Quoi de plus simple et de plus vrai ? Mais faut-il donc que les Bons toujours « marchent » ?

Quant à ton père, mon fils, non !

Aux lueurs de l'immense feu d'artifice tiré autour de Verdun, — à la nuit — la veille de l'offensive du 15 décembre 1916, je t'ai fais exhumer de la terre où tu gisais. Tu t'y trouvais roulé dans ta toile de tente. Alors, j'ai pu te faire mettre en bière pour pouvoir te transporter — ensuite — auprès de celui qui fut ton second Père : Lamartine.

Alors, mon fils, par-delà le « Néant », l'abîme où déjà ta Passion, parfois, t'a désespérément jeté vivant, je t'ai appelé, toi mon jeune Maître, avant ta mort, toi désormais mon jeune Dieu, mon Rédempteur — et je t'ai, de toute ma douleur fervente, invoqué :

« Que ton âme soit avec moi ! Qu'elle survive en moi, m'inspire, me donne les forces de te remplacer — un peu — d'accomplir — un peu — l'œuvre de propagande que tu aurais entreprise avec ta jeunesse et tes dons ! »

Que ton âme soit avec moi ! qu'elle m'élève au-dessus de moi-même, me soulève contre Eux pour le salut de tous ceux qui souffrent — par Leur Crime — et souffriraient et mourraient encore, Eux toujours triomphants !

Que ton âme soit avec moi auprès de ceux que je puis convaincre et persuader !

Ma faute, moi, je ne me la pardonne pas. Ma douleur se double du remords. Je veux donc m'efforcer d'éviter à autrui la même faute, les mêmes maux.

Je m'adresse avec toi, mon fils, à tous ceux, de tous pays, pères et mères, vieux et jeunes, qui liront ce petit livre, et je les conjure aussi :

« Consultez, parents, mes frères et sœurs, consultez — au plus intime de vous-mêmes — votre cœur et votre raison, tout votre seul bon sens. Ne comprenez-vous pas, ne ressentez-vous pas qu'il n'est point, pour un père et une mère, d'autre devoir — primordial — que celui de conserver la vie par vous donnée, de veiller sur elle et non de l'exposer à la mort... Pour Qui, Pour Quoi ?...

Parents, écoutez, avec la voie profonde de votre conscience, celle d'un père douloureux qui — dans le repentir atrocement vain — vous clame l'horreur de sa faute, écoutez ! vous entendrez ceci :

Le sacrifice de la vie pour une « Patrie » — contre une « Autre » — n'est que Devoir *Officiel (Service obligatoire)* : Imposture qu'exploitent Ambitieux et Malins, généralement préservés, Eux. Mais le salut de vos fils, voici votre devoir naturel, bien simple et bien vrai, parents ! La « Patrie » ?... Quoi donc et surtout Qui donc ?

Quant à moi, mon fils, je n'ai plus d'autre patrie que la tienne : celle où tu vivais en esprit et de cœur avec les bons génies, celle où, à l'encontre des êtres malfaisants, tu prétendais — premier droit du jeune homme — accomplir ta vie... et ne pas devoir tuer ni te faire tuer à 21 ans !

Que ton âme soit donc avec moi, mon fils assassiné, jusqu'à ma mort et jusqu'à toi, si...

Louis LARREGUY DE CIVRIEUX.

De toute notre âme, en ton nom, mon fils mort, comme au mien de survivant, je remercie le Précurseur, Romain Rolland, d'avoir bien voulu te présenter, avec ta petite œuvre, au lecteur — quel qu'il soit.

Romain Rolland, pendant l'agonie de tes derniers mois, était devenu ton troisième Père. Oui, tu en avais, alors, trois. De ta musette, après ta mort, on a retiré, avec les Harmonies de Lamartine et des lettres de moi : « Au-dessus de la Mêlée ».

Ce livre, alors récent, fut ton viatique, ô martyr ! Il reste à mon chevet pour le jour aussi de ma mort.

L.-M. L. DE C.

TABLE

TABLE DES MATIERES

LA PRÉSENTE ÉDITION — LA 4e — PUBLIÉE ET IMPRIMÉE EN JUIN 1926 PAR LA LIBRAIRIE DU TRAVAIL, 96, QUAI DE JEMMAPES, PARIS (10e), PORTE A 5.250 EXEMPLAIRES LE TIRAGE :: DE LA MUSE DE SANG. ::

Librairie du Travail
96, quai de Jemmapes
PARIS
1 9 2 6

www.ingramcontent.com/pod-product-compliance
Lightning Source LLC
LaVergne TN
LVHW050430160826
845677LV00002BA/631

* 9 7 8 2 3 2 9 6 9 3 3 5 4 *